TEXTO SUSPEITOSO
ou Liberdade do Coração

Editora Appris Ltda.
1.ª Edição - Copyright© 2024 do autor
Direitos de Edição Reservados à Editora Appris Ltda.

Nenhuma parte desta obra poderá ser utilizada indevidamente, sem estar de acordo com a Lei n° 9.610/98. Se incorreções forem encontradas, serão de exclusiva responsabilidade de seus organizadores. Foi realizado o Depósito Legal na Fundação Biblioteca Nacional, de acordo com as Leis n°s 10.994, de 14/12/2004, e 12.192, de 14/01/2010.

Catalogação na Fonte
Elaborado por: Dayanne Leal Souza
Bibliotecária CRB 9/2162

T779t
2024
	Travassos, Antônio
	    Texto suspeitoso ou liberdade do coração / Antônio Travassos. – 1. ed. – Curitiba: Appris, 2024.
	    84 p. ; 21 cm.
	
	    ISBN 978-65-250-7141-1
	
	    1. Pastoril. 2. Teatro popular. 3. Cultura. I. Travassos, Antônio. II. Título.
	
	                                                                                                                 CDD – 306

Editora e Livraria Appris Ltda.
Av. Manoel Ribas, 2265 – Mercês
Curitiba/PR – CEP: 80810-002
Tel. (41) 3156 - 4731
www.editoraappris.com.br

Printed in Brazil
Impresso no Brasil

ANTÔNIO TRAVASSOS

TEXTO SUSPEITOSO
ou *Liberdade do Coração*

Curitiba, PR
2024

FICHA TÉCNICA

EDITORIAL	Augusto V. de A. Coelho
	Sara C. de Andrade Coelho
COMITÊ EDITORIAL	Marli Caetano
	Andréa Barbosa Gouveia (UFPR)
	Edmeire C. Pereira (UFPR)
	Iraneide da Silva (UFC)
	Jacques de Lima Ferreira (UP)
SUPERVISORA EDITORIAL	Renata C. Lopes
PRODUÇÃO EDITORIAL	Bruna Holmen
REVISÃO	Cristiana Leal
DIAGRAMAÇÃO	Amélia Lopes
CAPA	Mariana Brito
REVISÃO DE PROVA	Bianca Pechiski

A liberdade é uma conquista da sociedade organizada.

*Ao multiartista Walmir chagas, Véio Mangaba,
que incorporou todos os velhos do antigo pastoril em sua arte.*

SUMÁRIO

CAPÍTULO *um* 11

CAPÍTULO *dois* 15

CAPÍTULO *três* 27

CAPÍTULO *quatro* 31

CAPÍTULO *cinco* 38

CAPÍTULO *seis* 48

CAPÍTULO *sete* 58

CAPÍTULO *oito* 71

CAPÍTULO *nove* 76

EPÍLOGO..82

CAPÍTULO um

Recife amanheceu ao som dos coturnos, batendo surdamente nas ruas da cidade acompanhados do nervosismo da tropa que se deslocava estrategicamente para vários bairros, a fim de rechaçar o momento político e o direito de liberdade que vinha se desenvolvendo em todo o país. A ação militarista fora iniciada com prisões, exílios e torturas, ficando nesse período instituída a censura como instrumento castrador e de força nesse tipo de poder.

Porém, nem todo mundo entendia o que estava acontecendo, muitos estavam alheios a tudo, como a balzaquiana Lívia Maria Ornelas, conhecida como Lili, que caminhava tranquilamente em direção à Igreja de Santo Antonio. Nesse dia em especial, a velha igreja estava sombria, não estava tão imponente como sempre acontecia quando recebia os primeiros raios da manhã e se debruçava para a pracinha do Diário. Logo após, os transeuntes começavam a visitação para assistir à missa das sete e fazer ou pagar promessas na capela de Santo Antonio, ali ao lado. Nessa visitação, em dias normais, a população crente no Santo, vai pedir ajuda, rezar e fazer promessas para toda espécie de situação, desde recuperação de doenças (curas), crises conjugais, até pedidos de casamentos. Nota-se isso pela grande quantidade de ex-votos, velas de sete dias acesas derretendo, tanto pelo calor da chama como pela quantidade de pedidos jogados em bilhetes aos pés do Santo, como que o obrigando a se lembrar dos fiéis.

Após a decretação do levante militar que derrubou o governo, a Igreja ficou sombria. A balzaquiana entra na capela e, defronte do altar, se ajoelha, começa a rezar o terço, olhando fixamente para a imagem de Santo Antônio com o menino Jesus no colo e aquele olhar sonolento (que a imagem tem) de quem jamais se impacientou com a quantidade de pedidos diários nas visitações públicas. Mentalmente ela inicia uma conversa com o Santo, em que exprime seus conflitos e sua carência física e espiritual, quando automaticamente começa a verbalizar o que era puramente uma conversa mental.

— Meu querido Santo Antônio, me sinto abandonada por ti. Dediquei toda minha vida em tua devoção e agora mais do que nunca preciso de tua ajuda. Rogo-te! Preste atenção em mim. Sou tua serva e como tal estou pronta para fazer o que determinares.

Nesse momento, ela baixa a cabeça suavemente e, com as mãos entrelaçadas, faz mais uma oração, na tentativa de evocar do Santo a atenção para seu desespero, então recomeça a conversa.

— Santo Antônio, a vida quer para mim a solidão como companheira, mas eu gostaria de pedir ao senhor que tivesse compaixão e me arranjasse um marido, um parceiro, um homem que eu possa estar junto. Veja, meu querido Santo, estou sozinha, sem ninguém, então resolvi que, de agora em diante, não poderei mais esperar, preciso de um casamento e, como nunca tive essa sorte, vim aqui disposta a propor ao senhor, meu glorioso Santo Antônio querido, uma novena ou uma corrente de oração, para que me conceda esse casamento, o senhor concorda?

Só ela ouvia a resposta afirmativa do santo que continuava calado, aparentemente escutando a proposta.

— Esta é uma novena manuscrita, que tem mais força. São 35 cópias que ficarão aqui neste envelope e aquela pessoa que a pegar terá a obrigação de cumprir o que nela está escrito.

Mostra o envelope ao Santo, que olha docemente com aquele olhar fixo de quem já está cansado de receber tantos pedidos.

— Deixarei no seu altar o envelope com a novena, como prova de minha proposta, na certeza de que serei atendida.

Contém o seguinte mistério: "Todo aquele que retirar o papel ou ler a corrente de oração deverá passar para mais cinco pessoas e alcançará uma graça. Mas aquele que apanhar a corrente de oração e não repassar para os outros será atingido por um sentimento de franqueza e jamais poderá mentir".

Mais uma vez, a balzaquiana acha que ouve uma resposta afirmativa do Santo, que, com o mesmo olhar complacente, parece concordar com tudo aquilo que a balzaquiana Lili estava propondo.

No mesmo instante, ela retirou de dentro do envelope a corrente de oração e a colocou estrategicamente no banco em que estava ajoelhada na frente do altar. Contou-as. Estavam exatamente as 35 folhas, o número cabalístico de sua idade. Depositou-as no banco, levantou-se suavemente sem tirar os olhos de Santo Antonio e foi caminhando de costas para a saída da capela que dava para a Praça do Diário. Seguiu seu caminho convicta de que uma promessa havia sido firmada entre ela e o mundo sagrado, entre a igreja e a fiel, entre o credo e a fé. Enquanto isso as ruas de Recife estavam vazias e tristes naquele 1º de abril de 1964.

CAPÍTULO
dois

O bairro de São José acordou de luto naquela manhã. Falecera vítima de atropelamento uma das figuras mais ilustres e antigo morador, seu José do Martírio Divino, conhecido no meio artístico e boêmio do Recife como Velho Caiçara. Era um sujeito amorenado, baixo, 63 anos. Há mais de quarenta militava no pastoril profano, fazendo apresentações com sua trupe nas comunidades, na Festa da Mocidade que era feita pela Casa do estudante de Pernambuco, bem como no Pátio de São Pedro apoiados pela Prefeitura da cidade do Recife.

Os vizinhos e quase todo bairro estavam indo para o enterro e comentavam como tudo acontecera, pois em comunidade um sabe da vida do outro, e isso favorece a ajuda mútua, sem precisar pedir licença ou ainda fazer de conta, que não sabem de nada para não dar luz a desconhecidos.

O Velho Caiçara recebera, logo após o golpe Militar, um comunicado do chefe do Departamento de Censura do Departamento de Operações de Informação – Centro de Operações de Defesa Interna (DOI-CODI), para uma conversa. No mesmo dia em que recebera a intimação, pediu a um vizinho que lesse para ele o que estava escrito no papel e o recomendou que fosse até o prédio da polícia para se apresentar, pois estava sendo intimado a comparecer na Rua da Aurora, na Secretaria de Segurança Pública para ser encaminhado ao Delegado designado como Censor.

Na tarde daquele dia, o Velho Caiçara seguiu para o Prédio da Secretaria, achando muito estranha aquela intimação, pensando tratar-se de alguma coisa relacionada ao Movimento de Cultura Popular, já que o pastoril estava engajado nesse Movimento com outros tantos artistas. Soubera que, desde o golpe Militar vários deles haviam sido presos e muitos haviam desaparecido ou estavam fazendo papel de canário. Podia ser também sobre as reuniões com seu Amaro, do Violão Pernambucano, na Dantas Barreto, onde a estudantada comunista se reunia para discutir sobre Marxismo, Bolchevismo e Leninismo. Ele vinha participando de várias, gostava muito de ouvir aqueles estudantes de Direito, Medicina e Engenharia falando. "Se for sobre isso, estou fodido", pensava o Velho Caiçara enquanto caminhava. Parou com os devaneios de uma mente ágil acostumada a fazer improviso nas cançonetas do pastoril. Chegou exatamente às 14 horas no prédio da Secretaria de Segurança Pública e se apresentou na portaria.

— Boa tarde!

— Boa tarde, o que o senhor deseja?

— Recebi esse papel para comparecer aqui. E aqui estou eu — disse o Velho Caiçara sorrindo.

— E qual é a graça?

— Nenhuma, senhor. Só estou tentando ser simpático.

— Como é seu nome?

— José do Martírio Divino, conhecido como o Velho Caiçara.

— Então o senhor que é o Velho Caiçara?

— Sou sim, o Velho do pastoril.

— Vou encaminhar o senhor direto para o homem que manda em tudo.

— Rapaz, se é direto em quem manda no assunto, já vi que estou lascado.

— Tem culpa no cartório? — perguntou o policial com um riso no canto da boca.

— Acho que não, quem sabe?!

— Suba ao primeiro andar e, na primeira porta do lado esquerdo, procure o delegado responsável, o Doutor José Américo Van Der Ley.

— Tá bom, muito obrigado!

Subiu com um tremor nas pernas, uma suadeira miserável nas costas, que descia para bunda. Bateu à porta, e uma voz gritou de dentro "pode entrar".

Assim o fez o Velho Caiçara, passou a mão no trinco e entrou.

— Boa tarde, Doutor!

— Boa tarde — respondeu o delegado.

— Seu José, já sei quem o senhor é e vou direto ao assunto que não gosto de muito arrodeio. Aqui agora é o Departamento de Censura, e toda apresentação do senhor tem que ser homologada por aqui.

— Homologada… que danado é isso?

— É uma combinação. O senhor escreve um texto, uma peça de teatro, uma música, e eu lhe digo se aprovo ou não.

— Que texto?

— O que você fala nas apresentações do pastoril, ora.

— Mas, Doutor, é uma coisa meio improvisada.

— Não é mais não. De agora em diante, até as cançonetas cantadas pelas pastoras eu tenho que aprovar.

— O senhor gosta de pastoril?

— Eu lá gosto dessa bosta, um bocado de puta seminua cantando e um velho com uma bengala fazendo graça e soltando lorota para um punhado de gente ficar sorrindo.

— Já vi que o senhor não admira o pastoril.

— Admirar é uma coisa, gostar é outra completamente diferente.

— Tá certo, Doutor. Me diga o que tenho que fazer, que eu faço.

— O senhor faz parte do Movimento de Cultura Popular, é militante. Vive fazendo os outros de besta com esse negócio de pastoril. Pois bem, tenho ordens superiores para que o senhor apresente seu texto para aprovação ou então vai para cadeia, simples assim.

— Mas, Doutor, não sei nem por onde começar.

— Não tem mais, mas, não. Faça o que estou lhe mandando. O senhor tem oito dias para me trazer o material. Tem uma apresentação no pátio de São Pedro daqui dez dias, se não trouxer não tem apresentação, fácil assim. Tenha uma boa tarde.

O Velho saiu da polícia desanimado. Em todo caminho de volta, ia dizendo mentalmente "eu nem sei ler, como é que vou escrever esse texto?".

O sol já estava se pondo quando ele atravessava a ponte do Limoeiro a caminho da casa de Berta, sua mulher e a Diana do pastoril, ali entre o forte do Brum e os armazéns de estivas, em um sobrado simples, próximo ao mangue. Tinham um chamego há muitos anos; em vista disso, ela deixara a vida de quenguiçe, mas viviam em casas separadas. Como Berta, todas as pastoras trabalhavam em cabarés de Recife, quando não tinham apresentação. Eram artistas de verdade, uns dias assumiam o personagem que fazia a alegria de uma plateia masculina, outro dia eram as pastoras do pastoril do Velho Caiçara. Foi entrando na casa de Berta com a intimidade de quem já conhecia bem o caminho, com uma sala ampla, quarto grande, cozinha e um quintal onde ela estava sentada em uma cadeira de balanço de palha.

— Boa tarde, boa Noite,

Chegou o Velho do pastoril,

Quem gostou dê um sorriso,

Porque também já aplaudiu,

E quem não gostou fica quieto,

Ou vá para a Puta que o pariu.

— Eita, que ele chegou com todo gás, chegou incorporado no Velho.

— E tem diferença entre o Velho Caiçara e José do Martírio Divino?

— Tem sim, meu amor. Já são tantos anos de convivência que sei separar os dois e até sei quando você está preocupado e quando usa seu personagem como uma forma de proteger o José do Martírio Divino da realidade do mundo.

O Velho Caiçara fitou Berta ternamente, encheu os olhos de lágrimas, deu um pigarro longo e encerrou aquela cena teatral realística, pois ela percebera a gravidade do problema.

— Me conte como foi a conversa com o homem?

— Quê conversa, Berta? O Doutor falou sozinho, só deu ordens. Nem deixou eu me explicar.

— E o que o Besta Fera queria na verdade?

— Pois é, ele não deixou nem eu falar. Ainda tentei lhe dizer que não sabia ler e escrever, que só sabia desenhar o nome, como é que eu poderia escrever um texto. E tem outra, tu sabes que no pastoril o improviso é que fala mais alto, não existe apresentação igual. Só as cançonetas e algumas piadas de entrada, o resto é na brincadeira com o povo.

— É mesmo, agora vai complicar. Daqui dez dias temos uma apresentação no Pátio de São Pedro, é a maior do ano, depois da Festa da Mocidade. Será que vai dar tempo?

— Eu não sei, sou só um brincante, que canto, danço, digo piada, um artista do povo e aquele filho da peste me chamou de militante. Vai ver que sou e não sabia, não é verdade?

— O que é que a gente vai fazer agora?

— Eu quero que tu vás se reunir com as meninas lá na zona, na pensão de Dona Cota e na de Maria Magra, explicar a situação e ver se chega alguma ideia de como sair dessa.

Berta levantou-se lentamente, se espreguiçando e dizendo:

— Elas vão ficar arretadas, tirar as meninas da pensão para fazer uma reunião.

— Diga à dona Cota e À Maria Magra que após essa reunião elas voltarão para o trabalho. Estou sabendo que o movimento está uma merda depois que estourou essa tal de revolução, esse golpe militar.

Parou um pouco e declamou de improviso:

— Com essa revolução,

esse golpe militar,

o povo deixou de beber,

o povo deixou de trepar.

Sumiu as boêmias,

sumiu o gargalhar,

a fumaça dos cigarros,

as músicas a tocar.

Ficou uma monotonia,

uma tristeza no ar,

as mulheres quietas,

pois não tem para quem dar.

— Você hoje chegou inspirado mesmo, está fazendo até poesia sem ser apresentação.

— Dona Cota e Maria Magra têm que entender que as meninas são artistas, só são quengas nas horas vagas e que depois da reunião elas voltarão para a pensão.

— Tá bom, vou trocar de roupa.

Berta saiu de casa e deixou o Velho Caiçara matutando como escrever um texto para apresentar ao chefe da censura. Ela pegou o ônibus que ia de Olinda para o centro da cidade, passando pela rua Nossa Senhora da Guia e pela Rua do Bom Jesus. Foi relembrando o tempo em que também vivia na zona. Havia já uns dez anos que o Velho Caiçara a tirara da "vida" e comprara o sobrado onde ela morava, porém sem nada prometer.

Antes de conhecer o velho, Berta, morena bonita, cabelos pretos, peitos grandes e pernas grossas tinha um "macho" chamado Rildo, que tomava conta dela e do dinheiro que ela ganhava no cabaré.

Certo dia, sentindo-se injustiçada após pedir dinheiro ao cafetão e este ter negado, inventou uma estória que estava apaixonada por outro homem, um artista frequentador, que dizia sempre que, a hora que ela quisesse deixar de ser quenga, ele ficaria com ela. Com isso, esperava que o cafetão lhe desse uma surra e a mandasse embora do cabaré.

Aconteceu então um fato insólito, o cafetão, uma cabra forte, mediano, dente de ouro, bigode fininho, subiu correndo as escadas da pensão dona Cota, entrou chorando no quarto em que Berta recebia os homens e colocou fogo no colchão. Muitos assistiram à cena, clientes, mulheres, frescos e boêmios. O boato correu nos cabarés do Recife e, com esse boca a boca, passaram a chamar o cafetão na zona de "Queima-Colchão".

Ele não tinha mais sossego. Era queima-colchão para lá, queima-colchão para cá. Com tanta desmoralização, resolveu abandonar a vida de cabaré. Dias depois, soube-se que o tal do Rildo havia se suicidado, liberando Berta daquele tipo de proteção. Ela, que já tinha o Velho Caiçara como cliente assíduo, fez uma entrosa com ele que cumpriu o prometido. Assim Berta recomeçou sua vida, entrando para o pastoril e se apaixonando pelo Velho Caiçara que montou uma casa para ela.

O ônibus dá um solavanco trazendo Berta de volta a realidade. Ela olha pela janela da lotação e vê a ponte Maurício de Nassau que algema a avenida Marquês de Olinda com a rua Primeiro de Março. Estava chegando, era onde iria descer. Caminhava pelas ruas antigas, observando atentamente cada detalhe, que tantas vezes passa desapercebido pelos transeuntes. Sobrados, parapeitos, marquises, as estátuas da casa da misericórdia junto da igreja. Sempre que passava por ali, tudo parecia novidade.

Em poucos minutos, estava subindo as escadas da pensão de dona Cota quando ouviu:

— Berta voltou! Berta voltou!

O grito tinha sido dado por Libélula, um fresco que fazia limpeza e cozinhava para as meninas ecoou no cabaré. Tudo que era mulher que estava desocupada veio até a sala onde a morena estava sentada.

— Que é isso, mulé? Estou só de passagem, vim falar com dona Cota, ou melhor, trazer um recado do Velho Caiçara.

Neste momento, vinha chegando Dona Cota, sessentona, cabelo oxigenado, pachorrenta, dois brincos grandes de argola nas orelhas. Tinha pelo menos quarenta anos de putaria nas costas e era uma respeitável dona de pensão. Cultivara o hábito de olhar para os pés das pessoas. Se tivesse os pés nos moldes que ela achasse perfeito, a pessoa tinha carta branca, e ela dizia: "esse é especial, de luxo". Porém, se não gostasse, dizia: "Não vale a merda que o gato enterra".

— Que é que tu queres aqui, morena? — perguntou dona Cota.

— Vim lhe trazer um recado do Velho Caiçara.

— Pois fala, estou escutando.

— O Velho está meio aperreado. Recebeu uma intimação da polícia avisando para que ele escrevesse tudo que vai falar no pastoril, quando tiver fazendo apresentação.

— Eu não posso ajudar, também não sei escrever.

— Não é isso não, mulher. Ele quer que tu liberes as meninas para uma reunião daqui a pouco lá em casa, depois elas voltam.

— Sei não, quem sabe são as meninas. Tá chegando navio americano no porto, é marinheiro saindo pelo cano ladrão.

As pastoras do Velho Caiçara que estavam ao redor logo se animaram com a concessão de dona Cota e foram trocar de fantasias. Suspenderam as de quenga, agora eram artistas.

Berta continuou sentada conversando com as outras meninas do cabaré. Aos poucos, foram chegando uma por uma das pastoras. Teresa, a Mestra do Cordão Vermelho, era apaixonada por um jovem advogado, jornalista, de família abastada, chamado João Emerenciano Jacobina Neto, considerado um bom boêmio e político esquerdista. Todas sabiam disso.

Verônica, a Mestra do Cordão Azul, era uma flor de pessoa, silenciosa, discreta e adorava o pastoril. Filó e Carminha eram pastoras que, com Teresa, faziam o Cordão encarnado. Finalmente chegaram Rosa e Helena, que, com Verônica, formavam o Cordão Azul. Já se apresentavam com o Velho Caiçara há muitos anos, conheciam-no tão bem quanto a brincadeira.

CAPÍTULO
três

Todo o grupo saiu para a casa de Berta, para a tal reunião, onde já estava o Velho Caiçara. As meninas já entraram brincando cumprimentando-o com afeto e respeito.

— Boa noite para todas.

— Boa noite, mestre — responderam quase em uníssono.

— Bom pessoal, estive hoje à tarde na Secretaria de Segurança Pública, no DOI-CODI e recebi ordens que devemos ter um texto escrito e seguir à risca o que estiver nele.

— Mas, mestre, como vamos fazer isso?

— Estou pensando em fazer um ensaio geral e contratar uma pessoa para ir escrevendo o que falamos.

— É uma ideia, mas quem será a pessoa que vai escrever?

— Ainda não sei.

— Alguém do meio artístico, quem poderia ser?

— Os artistas estão com medo de serem presos.

— Na verdade, estou preocupado é com o interlúdio, onde sempre focamos coisas do dia a dia e brincamos com a plateia.

— É verdade — respondeu Tereza.

— Como é aquele cliente que é jornalista e advogado, que vive em dona Cota, bebendo todos os dias até de madrugada, quando ele manda chamar um carro de aluguel que o leva para casa? Muitas vezes ele passa o tempo todo escrevendo em folhas de papel em cima da mesa.

— O nome dele é João Emereciano Jacobina Neto — disse Tereza meio desconfiada.

— Será que ele topa?

— Não sei dizer. Trepo com ele, gosto dele, mas tenho que perguntar.

— Eu sei minha filha como é que isso funciona — disse Berta sorrindo.

As meninas riram, não pela resposta, e sim pela entonação de Berta com Tereza.

— Vocês estão entendendo a nossa situação?

— Estamos sim, mestre, e se a gente não cumprir com o combinado?

— Eu vou ser preso, somente.

Uma pastora do cordão encarnado tomou a dianteira e disse em alto e bom tom:

— Eu tenho uma ideia. Quando o Jacobina chegar no Cabaré hoje, Tereza vai recebê-lo cheia de dengo e, quando estiver no ponto, leva ele para o quarto dá uma trepada bem dada, que todo homem fica amaciado para conversar e resolver qualquer coisa de alma leve.

— Ave Maria, mulher. Está parecendo enredo de filme — disse Berta sorrindo. Vamos ser mais práticas. Quando ele estiver bêbado, o mestre vai e tem uma conversa com ele.

— É melhor do que esse negócio de colocar buceta em negociação, é muito complicado. Fica parecendo que tudo que faço tem xoxota no meio, a verdade é que eu gosto de dar para ele — disse Tereza ruborizada sorrindo.

— Mulher, tu dás, e ele paga, é assim que funciona — disse uma das meninas.

— Olhe meu bem, rapariga que se apaixona por cliente se lasca, isso eu bem sei.

— Vocês nunca pensaram em um cliente se apaixonar e tirar qualquer uma de nós do cabaré e levar para uma casa? Acho que toda rapariga pensa nisso até que o sonho se acaba.

— E não foi assim com Berta e o mestre? E com aquele comerciante rico aqui de Recife que tirou Madalena da Zona e levou para morar com ele no Poço da Panela em Casa Forte.

— Ei, ei, eu não estou aqui para discutir romance de homem que tira ou não tira, mulher de cabaré.

— Está bem, mestre, lá pelas 22 horas, o senhor se aprochega e fica por ali conversando. Quando eu lhe der um sinal, o senhor encosta.

— Para mim está ótimo, vocês podem ir trabalhar, já estão cientes do problema e vamos lá conversar com esse tal de Jacobina.

O Velho beijou todas as meninas sem distinção, porém, quando chegou em Tereza, disse-lhe ao ouvido:

— Quando uma mulher gosta de um homem só goza com ele, só beija ele e não cobra pelo serviço.

— Eu sei, mestre, eu sei.

CAPÍTULO
quatro

Conforme o combinado, o Velho Caiçara, antes das dez, já estava a postos em uma mesa próxima à do Jacobina arrodeado de mulheres. Ora saía para dançar, ora empurravam bebida em seu copo. Por sinal, nesse dia, era o de "Cuba Libre", isto é, Rum com Coca-Cola em copo alto com gelo. O Jacobina já estava dando sinais de embriaguez, falando alto, meio eufórico, gesticulando muito. Nesse instante Tereza deu um sinal de positivo bem discreto, porém perceptível para o Velho Caiçara, que se levantou cheio de salamaleque num terno de linho branco, gravata preta e sapatos DNB marrons. Ao se aproximar, fez um aceno com a aba do chapéu para Tereza e para o Jacobina, que mui respeitosamente disse:

— Olha quem está por aqui, já chamando atenção de Jacobina. Querido, deixa eu te apresentar ao senhor José do

Martírio Divino, o maior artista Popular do Recife, mestre na arte de brincante de pastoril.

— Como vai o senhor! Muito prazer, João Emereciano Jacobina Neto ao seu dispor!

— Está de passagem, mestre? — perguntou Tereza entabulando uma conversa.

— Estou com Berta, minha mulher, para sair um pouco, pois hoje tivemos muitos aborrecimentos com esse golpe militar que foi dado.

— O senhor traz sua mulher para o cabaré?

— Ora, senhor, ela trabalhou por aqui alguns anos, seria estranho esconder o passado se eu sei a verdade, e essa verdade para os outros não me interessa.

— Ainda bem que alguém pensa parecido comigo por aqui — disse Jacobina olhando para Tereza, que ficou encabulada na frente do Velho Caiçara.

— Meu bem, peça a Libélula para trazer um copo alto com gelo que ele vai tomar uma dose de rum comigo, na verdade uma "Cuba Libre".

Quando o copo chegou, Jacobina colocou uma dose um tanto quanto exagerada do rum batizando com Coca-Cola. O Velho levantou o copo para fazer Tim-Tim com o outro e vociferou:

— Por uma Cuba livre.

Jacobina olhou rápido para o Velho Caiçara, encarando-o.

— O que você acha disso?

— Disso o quê?

— O que o senhor acabou de falar.

— Eu só disse por uma Cuba Livre.

— Sim, eu entendi. O que você acha disso?

— Ora, Jacobina, acho que posso lhe chamar assim, pois não?

— Claro que pode.

— Pois bem, Cuba vivia em um regime colonial, ditatorial, edificado por Fulgêncio Batista, apoiado pelos americanos e, por meio de levante armado popular, derrubou o governo e tem lutado pela sua independência fazendo uma verdadeira revolução.

— O senhor tem ideia mesmo do que é uma revolução?

— Talvez não como o senhor, que é um homem letrado, culto. Eu sou um artista analfabeto que tem a sabedoria da idade, mas acho que revolução é um processo de transformação econômica, política e cultural, individual ou coletiva.

— Perfeito, o senhor definiu bem, porém o sentido etimológico de Revolução vem do latim *revolutio*, ou *revolvere*, que significa dar voltas.

— Olhe que interessante, a mesma coisa com visões diferentes.

— O que o senhor acha desse processo em Cuba?

— Já lhe disse que, com a queda de Fulgêncio, a tomada de poder pelo povo, começou uma revolução, porém, com os bloqueios econômicos e as restrições impostas pelos colonizadores, fica muito difícil que essa independência perdure. É preciso fazer acordos com países que pensem parecido.

— Eu já vi muita coisa na minha vida, mas um analfabeto como o senhor se proclama, ter esses conceitos tão bem formulados está me intrigando.

Após alguns minutos de silêncio, só se escutando um Tango, cantado por Carlos Gardel na luz de penumbra vermelha e a fumaça dos cigarros, Jacobina olhou para o Velho Caiçara e o questionou rispidamente:

— O senhor pensa que sou tolo?

— Não, Jacobina por que está dizendo isso?

— Você acha mesmo que eu não estou percebendo essa armação para mim?

— Que armação, porra?

— Do senhor ficar me arrodeando desde que chegou e Tereza me indicando. Se o senhor pensa que sou besta, está enganado. Se é um "Dedo Duro", cabotino, disfarçado de alcagueta ou qualquer coisa que o valha, desista.

— Calma, homem, não é nada disso.

— Para um analfabeto, o senhor é muito entendido das coisas, e isso me chamou atenção. Com esse Paletó de Linho Branco, essa gravata preta e esse chapéu de palhinha Panamá, o senhor não me enganou.

Tereza, vendo os ânimos se se exaltarem, o clima ficando pesado e os dois se digladiando, resolveu intervir de forma clássica feminina:

— Olha aqui, vocês dois, vamos parar de acusações, de conversa mole, que eu não estou disposta a ficar escutando essas merdas de dois esquerdistas boêmios. A verdade é que o mestre está precisando de ajuda, pois o pastoril está ameaçado de não se apresentar se não estiver com o texto homologado pela censura.

— Como é que é?

— O que você ouviu, o pastoril está sendo ameaçado pela censura.

— Por que não falou logo?

— Não sabíamos como seria sua reação ao lhe explicar que o DOI-CODI me intimou e que hoje à tarde eu me apresentei ao delegado que me disse que: "para o espetáculo do pastoril, precisaria ter um texto escrito e aprovado por ele".

— Puta que o pariu, já está assim?! Esse golpe militar vai fuder com a gente.

— Já começou — remendou o Velho Caiçara.

— Qual o tempo que nós temos para resolver essa questão? O senhor quer que eu entre com uma ação a seu favor na justiça?

— Temos nove dias, e só preciso que o senhor me ajude na elaboração desse texto.

— Como faço isso?

— Pois bem, vamos fazer um ensaio geral com músicos e as pastoras e o que formos falando o senhor escreve.

— Vai demorar muito e ser muito repetitivo, porque não tenho essa velocidade na mão para manuscrever, porém tenho a solução de nossos problemas. O *Diário de Pernambuco* comprou um equipamento chamado de gravador para os repórteres gravarem entrevistas e copiá-las depois e assim nós faremos. Vou gravar tudo.

— Achei essa ideia fantástica, pois até os cacos e improvisos serão gravados e depois descritos.

— E, se no decorrer da apresentação, mudarmos algumas falas, será que vai dar problema?

— Que nada, esses cabras são uns bostas, não entendem nada disso, estão ali para serem úteis para a implantação do autoritarismo por aqui. Não conseguem diferenciar Arte Popular de Arte Primitiva, de Cultura Popular, de Cultura Clássica.

— Porra, Jacobina, adorei isso! Sou um artista popular porque falo do jeito que o povo fala.

— Quando começamos?

— Amanhã à tarde faremos esse ensaio geral com músicos para as cançonetas, as pastoras e eu no comando.

— Combinado.

Sorveram muito rum batizado com Coca e se sentiram anestesiados, farreando como bons boêmios até o amanhecer.

CAPÍTULO
cinco

Já passava do meio-dia quando Jacobina chegou ao local combinado para o ensaio, um velho teatro da Prefeitura do Recife, que servia de local de ensaios de vários grupos amadores. Ele chegou carregando um trambolho de uns sessenta centímetros e mais um bocado de fitas enroladas em carretel para serem trocadas. O gravador vinha sendo utilizado pela crônica esportiva e para transcrição de entrevistas para o jornal no qual Jacobina tinha uma coluna sobre política e cotidiano com crônicas memoráveis. Esse era o homem ideal para transcrever o "texto suspeitoso".

A orquestra era composta por cinco músicos, sendo o maestro um saxofonista muito conhecido chamado Inaldo Cavalcante de Albuquerque o Bico de Ouro, nascido em Igarassu, emérito tocador de Frevo em Pernambuco. Ainda faziam parte da orquestra um zabumbeiro, um acordeonista, um tocador de tarol e um pandeirista. Todos já conheciam o pastoril e o brincante, o Velho Caiçara, pois acompanhavam-no há muitos anos e já conhecem as Cançonetas e todos os cacoetes do Velho, era um entrosamento perfeito.

Os músicos receberam um sinal do Velho que estava na coxia do teatro e iniciaram a abertura com a música de entrada das pastoras com os dois grupos de apresentação. O primeiro foi o Cordão Vermelho, liderado por Tereza sua Contramestra, e o segundo o Cordão Azul, liderado pôr Verônica. Entram juntos no palco cantando e dançando, ficando o grupo de Vermelho do lado esquerdo e o grupo Azul do lado direito. Respeitando a marcação de palco, os dois grupos começam a cantar a cançoneta:

Boa noite, meus senhores todos
Boa noite, senhoras, também,
Somos pastoras,
Pastorinhas belas,
E alegremente,
Não vamos para Belééém.

E repetiam o refrão:

Somos pastoras
Pastorinhas belas
E alegremente
Não vamos para Belééém.

Logo após essa encenação, Jacobina deu um sinal para parar gravação e perguntou se as cançonetas teriam necessidade de fazer parte do texto. Como ninguém soube responder, ele pediu para continuar a gravação e, ao sinal do Velho, o maestro Ivanildo Bico de Ouro iniciou a cançoneta da mestra do cordão encarnado, a Tereza, que já entrou puxando as outras pastoras para seu lado, demonstrando habilidade no que estava fazendo.

Eu sou a mestra do cordão Vermelho,
O meu cordão
Eu sei dominar
Eu também peço
Palmas, riso e flores
Aos partidários
Que queiram agradar.

Tereza fez todos os trejeitos, rebolados e gingados como se estivesse tentando conquistar o público. Na verdade, se posicionando como uma artista no palco. Logo depois entrou em ação a contramestra do cordão Azul, a Verônica, se exibindo como nunca para superar a mestra do vermelho:

> Eu sou a mestra do Cordão Azul,
> O meu partido eu sei dominar,
> Com minhas danças,
> Minhas cantorias,
> Senhores todos venham se alegrar
> Eu também peço riso e flores
> O meu cordão veio para disputar.

A disputa já produzia sorrisos e escolhas entre os poucos espectadores do ensaio, causando um retorno ao palco de uma energia vibrante que só a arte cênica consegue explicar. O terceiro momento da apresentação é a entrada da Diana. A Pastora cuja roupa tem as duas cores, o vermelho do lado esquerdo e do lado direito o azul. A Diana, que, mesmo acostumada com as apresentações, estava ansiosa e ainda assim, entrou maravilhosa. Berta, a cada dia, se revelava uma grande artista para o Teatro Rebolado.

Sou a Diana
Não tenho partido.
O meu partido
São os dois cordões.
Eu também peço palmas
Riso e flores,
E aos meus senhores
Peço proteção,
Vamos brincar
Nos divertir
Que vem o Velho
Vai fazer você sorrir.

Essa era a deixa para a entrada triunfal do Velho Caiçara, que ficava esperando a cançoneta iniciar para fazer sua "Grand Entrance" com toda a "Mise en scène" que aprendera em todos esses anos de teatro popular. Jacobina estava tão extasiado com a apresentação do pastoril que decidiu não mais parar o espetáculo, só quando precisasse trocar o rolo de fita magnética. O Velho entrou maquiado, com a melhor roupa de apresentação, feito pela costureira e figurinista de teatro, Jane Mendonça. Chamava atenção de todos. As pastoras começaram a entoar a cançoneta:

Vinde, vinde

Moços e velhos

Vinde para apreciar

Como isso é bom

Como isso é belo

Como isso é bom

É bom demais

Olhai, olhai,

Como isso é bom

É bom demais

Ele fez uma entrada como nunca vista, energia lá em cima, uma animação que só grandes artistas conseguem desempenhar durante suas apresentações. Já começou com sua música de sentido dúbio:

Ô, Mamãe

Ô que calor,

Ô, Mamãe

Ô que calor

Calor na bacorinha

O calor não é na sua

Ô mamãe só é na minha.

Apontava com a velha bengala de cipó pintada chamada de jurumeia para baixo do vestido das pastoras, insinuando que a bacorinha eram as xoxotas das pastoras que se divertiam com as presepadas do Velho, já entrando em outra cançoneta:

Oi, que rolo

De cobra

Oi, que rolão.

Oi, que cuia

De queijo

Que cuião.

Ele deu um sinal discreto ao maestro, que parou a música. Ele começou uma música, sorrindo para a plateia que estava no teatro naquele dia.

Um dia

Eu estava sentado

Na calçada da botica

Depressa veio uma velha

Pra pegar na minha... bengala

> Eu conheço
>
> Uma menina
>
> Que se chama Marieta
>
> Ela afinou o punho
>
> De tanto tocar... pandeiro

O Velho estava realmente num dia extraordinário de apresentação teatral, alterando as rimas, contando piadas, conduzindo o espetáculo da melhor forma possível de ser gravada.

O Jacobina estava achando aquilo algo merecedor de ser defendido diante das autoridades militares que ora estavam exercendo o poder político no Brasil. Ele olhava os servidores do teatro e alguns populares — que, ao ouvir as músicas do pastoril, adentraram e ficaram nas poltronas lá atrás — e percebia a importância que a cultura popular representava para todos eles. Ele, um advogado, jornalista, boêmio, culto, não havia se apercebido disso, precisou receber um estímulo para tomar uma atitude.

O ensaio durou até as sete horas da noite, quando as meninas deveriam voltar para o cabaré, conforme o combinado. O Velho Caiçara estava no camarim retirando a maquiagem com as pastoras quando Berta perguntou:

— Será que o Jacobina dá conta do texto?

— Espero que sim, estou contando com isso.

— É verdade que, se ele não escrever tudo isso que nós fizemos e falamos, vai terminar dando em merda?

— Ô, Berta, tu achas que esse pessoal tem mesmo coragem de me prender por causa de um pastoril?

— Eu acho sim. Esse monte de bostas verde do exército infiltrados nas polícias são um bocado de filhos da puta.

— Por que tudo que não presta é filho de puta? — perguntou Verônica sorrindo.

— É porque é desse jeito mesmo, não estou desrespeitando a profissão, é a forma de falar dessa polícia de merda, que está aproveitando dessa tal de revolução, em plena década de sessenta para fazer caça a comunistas.

— É que estão vendo comunistas em todo lugar. Estão criando tudo que é de Atos através de leis inconstitucionais e aprovam tudo que os milicos querem.

— Eu até que achava esse povo de farda bonito quando chegava no cabaré, principalmente aqueles que passam muito tempo no mar — disse uma das pastoras amenizando o ambiente.

— Olhe, meu bem, deixa eu te falar uma coisa: amor de homem só existe enquanto o pau estiver duro, depois disso o amor se acaba, só sobram, amizade e respeito. Isso se você quiser ser boa puta. Mulher independente demais, liberal demais, espanta homem e é puta ruim — falou Berta.

— Entendi, Berta, é porque eu sou uma puta romântica.

— Ai meu Deus, eu tinha que ouvir isso — disse o Velho Caiçara de saída do camarim e continuou: — Você é uma artista que trabalha com o corpo quando não está se apresentando. Não significa que você deixou de atuar quando está dando, é só mais um personagem na sua vida.

CAPÍTULO
seis

No dia seguinte ao ensaio, o advogado e jornalista Jacobina já havia iniciado a cópia transcrita da gravação para o texto datilografado por duas moças contratadas por ele para agilizar o processo. Uma recebia uma lauda e a outra, a continuação. Esperava terminar a empreitada em dois dias.

Na noite do segundo dia, o Velho Caiçara recebeu um bilhete de Jacobina, por um estafeta do jornal que chegara de bicicleta até a casa dele, no bairro de São José, no final da tarde com o seguinte texto:

Caro amigo,
Texto concluído, vamos comemorar e conversar lá na pensão de dona Cota, por volta das oito horas. Um abraço!
Jacobina

Conforme combinado, às oito horas, o Velho Caiçara estava a postos no cabaré de dona Cota. Libélula, quando o viu, foi recebê-lo cheio de trejeitos afeminados e exagerados.

— A que devemos a honra dessa visita?

— Marquei de me encontrar com Jacobina. Ele já chegou?

— Chegou sim, está lhe esperando. Minha amiga Berta também veio?

— Não, na verdade não vi Berta ainda hoje.

— O senhor quer que eu peça a alguém para ir na casa dela avisar? Tem uns moleques que vivem aqui pelo térreo carregando água, posso pedir a um deles para ir até lá.

— Tá ótimo, faça assim. — Pela presteza, colocou a mão no bolso, pegou uma cédula e pôs na mão de Libélula, dando por encerrada a conversa.

Foi cumprimentando um e outro até que avistou o Jacobina sentado, já tomando sua "Cuba Libre". Já estava em bom estado de dormência da boca e língua enrolada.

— Meu caro Jacobina, como vai?

— Meu dileto artista, José do Martírio Divino, como vai?

— Sente-se, por favor — apontou uma cadeira para o Velho.

— E aí? Terminou todo o texto?

— Tudo, tudinho mesmo. Resumi algumas passagens musicais, as cançonetas, o resto foi "Ipsi Litteris".

— Foi o quê, homem?

— Foi igual à fala com o texto. Coloquei duas secretarias datilografando, uma com uma lauda e a outra com a sequência. Eu escrevia o que estava no gravador.

— Esse negócio foi uma invenção da gota serena, não foi?

— Ave Maria, antigamente numa entrevista, eu já estaria com uma caderneta anotando tudo que o entrevistado falasse para transcrever depois para o jornal. Era trabalhoso. Hoje em dia mando até a gravação pelo telefone para um jornalista de plantão.

— Vixe, facilitou muito. — Qual é o próximo passo agora?

— Bom, vou fazer um encaminhamento por escrito junto ao DOI-CODI do texto, solicitando a homologação e a liberação para apresentação no Pátio de São Pedro, no sábado.

— Acha que eles liberam logo?

— Como você vai me dar uma procuração, eu lhe representarei como advogado junto à censura. — Pôs a mão no bolso interno do paletó, retirou um papel escrito e colocou-o na mesa.

— Você assina, não é?

— Aprendi a copiar meu nome, é assim que faço.

— Ótimo, porque amanhã mesmo vou reconhecer sua assinatura no cartório de um amigo nessa procuração.

— Você é quem sabe, eu estou fazendo o que está mandando.

— Eu não mando nem em mim — disse Jacobina sorrindo quando se aproximou Tereza.

— Eu acho que não ouvi bem, ele disse que não manda nem nele?

— Foi isso que eu entendi, Tereza. Acho que você é que está com a bola toda — disse o Velho Caiçara abraçando sua pastora.

— Eu sei bem o que é isso. Homem só fica assim todo dengoso quando quer alguma coisa.

— Oi, meu bem! Você sabe o que eu quero. Você é o meu amor bandido — disse Jacobina com a língua meio enrolada pela bebida.

— Sei, conheço você muito bem... Quando passa uns dias sem trepar, fica cheio de amor para dar — disse Tereza entrando definitivamente na conversa.

— Estávamos falando do texto. Ele já terminou, já vai entregar na polícia amanhã.

— Esses caras estão aprontando alguma coisa — disse Tereza de forma despretensiosa.

— Você acha que estão armando alguma coisa politicamente? — completou o Velho Caiçara.

— Eu acho que precisamos ser cautelosos, pois os primeiros ditos do governo militar estão baseados em dezessete atos, que instituem a ditadura militar até só Deus sabe quando.

— Por tempo indeterminado, não é verdade?

— Eu entendi, quando li, que era até 1969, porém eles têm criado um aparato jurídico que dá legitimidade ao golpe, por meio de Ato Institucionais, que não vale a pena ficar discutindo por aqui.

— É verdade... e a arte do pastoril é um bom meio de se protestar através das piadas.

— É, mas desse jeito você vai terminar preso, morto ou desaparecido.

— Nem pense nisso, não quero me complicar com a polícia. Sou irreverente, mas sou pacifico.

— Meu caro, existe uma diferença gritante entre pacifico e passivo. Eu sei que você é uma pessoa pacifica, porém não pode ficar passivo a tudo que vem acontecendo.

— É verdade, isso vem me incomodando. A tomada de poder pelos militares só vem agravando e diminuindo os espaços conquistados pela cultura popular. Para esse povo, cultura popular é sinônimo de ignorância, cultura do pobre, coisa de gente vadia e analfabeta, é só isso que eu ouço deles.

— Isso é só um desabafo, meu velho? — perguntou Tereza.

— Não. Isso é a falta de liberdade de falar o que eu penso reprimido pelo poder ou com medo de ser preso.

— Hoje temos "dedos duro", alcaguetas, bajuladores e serviçais dos militares em todo canto, até aqui as paredes têm ouvido.

— Pronto, agora lascou! Até no cabaré, último reduto da boemia, de artistas, pederastas e quengas, estamos fodidos.

— Também você não queria que as meninas fechassem as pernas para os promotores, juízes, oficiais e policiais que chegam na surdina, escondidos.

— Antigamente só vinha escondidos, padres e alguns pastores e os meninos contavam as preferencias deles. Libélula mesmo tinha um caso com um padre capuchinho lá da igreja da Penha ou de São Félix do bairro de São José.

Nesse momento se aproximou Libélula com um recado de Berta para o Velho Caiçara.

— Estão falando de mim?

— Estávamos lembrando os tempos bons dos cabarés de Recife.

— O povo pensa que os cabarés só funcionavam à noite, porém têm os romances vespertinos de homem que vem trabalhar e passa a tarde com as meninas e de noite volta para casa no horário habitual.

— Mas isso não o faz um homem ruim, faz?

— Não, não faz, isso é de homem mesmo — completou Jacobina, sorrindo.

— Um homem de verdade deve temer a sociedade ao ser julgado por suas atitudes, a sociedade cria leis de convivência por conveniência. Se quer ficar na putaria, não case, pois, se descobrirem que tem amantes, está fadado a ser putanheiro para o resto da vida.

— É isso mesmo. E falando de homem que não casa, Berta avisou que está indisposta e vai ficar em casa — disse Libélula gargalhando.

— Ok, Libélula, obrigado pela atenção — respondeu o Velho Caiçara de cara fechada.

— Não tem de que — saiu de fininho.

No dia seguinte à reunião no cabaré de dona Cota, o Jacobina deu entrada no DOI-CODI junto ao setor de controle uma petição com o texto, totalmente datilografado para apreciação dos policiais responsáveis pelo setor. Ao sair pela porta principal, o policial que recebeu e protocolou os documentos comentou com um servente que arrumava a entrada.

— Agora deu bom, esses artistas estão contratando advogado para se defender, devem estar fazendo alguma coisa errada.

— Não sei dizer, não sei para que essa frescura de ter que apresentar documentos para poder se apresentar.

— É a ordem, meu amigo. E quem não cumprir vai dançar.

— Ordem de quem?

— Ora, meu amigo, do governo militar.

— Eles tentam colocar mordaça e não conseguem. Em primeiro de abril desse ano, eu me lembro bem, o governador saiu preso do Campo das Princesas onde morava e foi levado para a Ilha de Fernando de Noronha.

— Sim e daí? Ele vai ser exilado depois.

— Você acha realmente que o controle dessa situação é censurando o povo, reprimindo e prendendo?

— Não sei. O que eu sei é que a ordem é para ser cumprida. Tome, leve esses documentos lá para cima, para apreciação do delegado.

— Tá bom, é melhor ficar calado mesmo.

Parado discretamente na porta da frente. Jacobina ouvira trechos dessa conversa entre o servente e o policial. Foi caminhando pela rua da Aurora até a esquina do cinema São Luiz, quando resolveu ir até a sorveteria "Gemba" para saborear um sorvete de graviola. Ao sentar-se em uma das mesas, encontrou uma amiga do sertão chamada Isaura, levantou-se, foi até ela e se prostrou à sua frente.

— Isaurinha, que bom te ver! — disse e beija-lhe a face afetuosamente. — O que traz aqui para o Recife?

— Meu querido amigo João Emereciano Jacobina Neto, que bom te ver também. Meu pai me pediu para resolver umas coisas para meu irmão vir morar aqui.

— Já arranjou lugar para ele?

— Já sim, ali na Manoel Borba, perto do Hotel Central, tem uma pensão que abriga os estudantes que vem do interior.

— Ah, então ótimo!

— E você como vai? Cada vez mais bonita!

— Obrigada, João!

— Aqui no Recife só me chamam de Jacobina, ninguém me conhece por João Emereciano.

— É mesmo?

— É, quando comecei a frequentar o *Diário de Pernambuco*, escrevendo sobre obituários ainda no início do curso de direito, os colegas diziam que assinar como João Emereciano não daria certo e passaram a colocar os créditos como Jacobina.

— Então está ótimo.

— Você está hospedada onde?

— Na casa de uma tia minha, irmã de meu pai, na Rua Real da Torre 205, uma casa amarela grande, com um pé de pitanga na frente, gradeada — Posso ir te ver esses dias?

— Eu ficaria muito feliz em recebê-lo.

Jacobina despediu-se de Isaura. Após tomar seu sorvete, atravessou a ponte da Boa Vista e seguiu para o escritório, que ficava no edifício Santo Albino na confluência da Av. Dantas Barreto com a Avenida Guararapes.

CAPÍTULO
sete

Chegou o sábado, grande dia da apresentação do Velho Caiçara e o pastoril no Pátio de São Pedro. Ele acordou meio estranho, meio sonolento, mas foi logo se lembrando da responsabilidade, pegou o baú com as roupas das pastoras, sua casaca e pôs tudo para tomar sol. Preparou um café e foi tomá-lo na frente de casa, como muitos faziam. Acendeu um cigarro e ficou matutando pensamentos até que se levantou e foi à casa vizinha pedir para usar o telefone.

— Bom dia, seu Amaro! Tudo bem?

— Tudo, Caiçara, como vai?

— Eu vou bem, muito bem, bem, bem (fez uma fala da sua apresentação do pastoril), fazendo seu Amaro sorrir.

— Você já chega fazendo graça.

Ele fez umas caretas gestuais, uma caricatura sem maquiagem e disse uma loa para seu Amaro:

— Meu querido,
Meu irmão,
Preciso telefonar,
Somente, por precisão,
Falar com um homem forte
De paletó e fardão.

— Fique à vontade, Caiçara.

Foi entrando na casa do vizinho com uma certa intimidade e no corredor deu de cara com dona Zuleide, esposa de Amaro. Disse outra loa:

— Zuleide como vai,
Vou ali telefonar,
Com a anuência de Amaro,
Mas eu preciso lhe falar,
Desejar-lhe um bom dia
Para poder me alegrar.

— Fique à vontade, Caiçara!

Ele tirou um caderninho do bolso e lá tinha o número de telefone de Jacobina, pois números ele conseguia entender.

— Alô, Jacobina?

— Eu, quem fala?

— É o Velho Caiçara, tudo certo?

— Tudo. A apresentação é mais tarde, lá pela seis, não é?

— Isso.

— Ótimo, então nós veremos lá.

— Até mais tarde.

— Até.

Saiu da casa de seu Amaro todo lampeiro. Tomou um banho, colocou um paletó de linho creme, calçou o chapéu de palhinha, tipo panamá e seguiu para a capela de Santo Antonio. Saiu do bairro de São José e foi em direção da praça do *Diário de Pernambuco*. Chegou à frente da igreja, se benzeu e seguiu direto para a capela. Ajoelhou-se e fez uma oração a Santo Antonio, olhando diretamente para ele. Colocou uma cédula de pequeno valor na caixinha do santuário e pegou um papel que estava na grade que separava o altar e os ex-votos; dobrou e colocou no bolso da calça. Voltou para casa e mandou um recado para Berta, que às cinco horas da tarde ela reunisse as meninas já prontas, que ele as encontraria na parte de trás do palco, no camarim, para a apresentação. Chamou um moleque conhecido para levar o baú com os apetrechos do pastoril para a casa de Berta.

O Velho Caiçara, às cinco horas, foi caminhando em direção ao Pátio de São Pedro, parou na frente da Igreja de Nossa Senhora do Carmo e ficou ali olhando a imponência da Ordem Terceira do Carmo com seu mosteiro Jesuítico. Entrou pela lateral e, chegando ao jardim, sentou-se num banco de granito e, introvertido, meio contemplativo, se deixou levar pelos pensamentos. Estava se sentindo diferente, com vontade de falar algumas coisas para o mundo, não sabia explicar o que estava acontecendo. Pela manhã, enquanto tomava banho, lembrou os tempos áureos da Festa da Mocidade, que lhe deu uma projeção artística como brincante na arte popular. Ficou pensativo ainda por alguns instantes, quando ouviu do outro lado no Pátio do Carmo, transeuntes tagarelando.

Mesmo com alguma tensão, as meninas caminharam para o pátio de São Pedro. A maior recomendação de Berta para todas era que não deixassem transparecer, muito menos aperrear o Velho Caiçara até pelo menos a apresentação acabar. Ao chegarem, foram para um local reservado, atrás do palco, que fazia às vezes de coxia.

Os músicos já estavam afinando os instrumentos tendo à frente o maestro e saxofonista Inaldo Cavalcante de Albuquerque, o Bico de Ouro e o restante da orquestra.

As meninas, ao avistarem o Velho Caiçara, correram para abraçá-lo. Ele já estava vestido a caráter, calça folgada, camisa estampada, cara pintada com o pequeno chapéu e foi logo dizendo:

— Vamos lá, comboio de mulé safada, nunca viram um macho mais bonito e cheiroso do que eu?

As meninas sorriam à vontade enquanto o Velho abraçava uma a uma como se fossem filhas. Foi até Berta, que olhava pela cortina, deu-lhe um beijo e um abraço afetuoso. Berta olhou-o fixamente, percebeu uma pontinha de tensão e retribuiu o afeto.

— Que é que você está olhando? — perguntou o Velho Caiçara curioso.

— Estou olhando a plateia que está chegando.

— Tá com medo do povo minha filha?

— Não, de jeito nenhum, quanto mais melhor.

— Estou preocupado com aquela história de escrever texto. Passei até na Igreja de Santo Antonio antes de vir para cá, pedi auxílio e fiz umas rezas.

— Olha só que Velho frouxo. Tá dando até para rezar para Santo Antonio.

— Deixe disso, mulher. Mande o Maestro Ivanildo iniciar a brincadeira dentro do horário, que vou pegar "Jurumeia".

Berta chamou as pastoras, que estavam de mãos dadas fazendo uma oração antes de entrarem em cena. Elas subiram para o palco, e o maestro atento sinalizou para a orquestra. No mesmo instante, ouviu-se a sanfona, o pandeiro, o tarol e o saxofone. A orquestra iniciou a cançoneta. Os olhos do velho brilharam, era a incorporação do artista em José do Martírio Divino.

Berta, dançava no meio do palco com o vestido de duas cores. Do lado direito, o cordão azul e, do lado esquerdo, o cordão encarnado. Todas as pastoras fazendo evolução para a abertura, e a mestra iniciou sua cançoneta. A contramestra, ao término, já estava iniciando sua versão.

O velho estava a postos com a bengala "Jurumeia" em riste. Enquanto as pastoras entoavam as cançonetas de entrada, ele procurava a todo custo o Jacobina. Procurava-o na plateia, e não o via. As meninas no palco, na maior animação, estavam fazendo tudo do jeito que haviam ensaiado. Ele estava muito ansioso esperando que Jacobina aparecesse a qualquer momento. Diana iniciou a cançoneta de entrada do Velho, olhou para a lateral do palco onde era a coxia e percebeu que o artista estava ali. Falou a deixa combinada, e o velho apareceu no palco colocando sua bengala na região pubiana, fazendo o povo sorrir e já dizendo:

— Boa noite, rapaziada de popa e proa, eu sou o velho Caiçara, sou poeta, sou cantador, sou amante das crioulinhas, das mulatas e piniqueiras. Boto chifre e dou lapada. Viva o cordão encarnado! Viva o cordão azul!

O velho deu um sinal, e a orquestra para de tocar. Ele iniciou as brincadeiras com o público:

— Êita, hoje tá danado. Nunca vi tanto home feio e tanta mulé bonita.

As mulheres incentivadas pelas pastoras aplaudiam o velho.

— Já vi que "Juruméia" hoje vai trabalhar.

A risadagem era geral quando ele levantava sua bengala para cima e para baixo colada ao púbis. O sentido dúbio deixava a plateia deslumbrada e participativa. De repente ele deu um sinal, e a orquestra voltou animar a brincadeira com mais um cançoneta.

Berta, conhecendo bem seu papel no pastoril profano, iniciou a cançoneta de apresentação das pastoras, que dançavam rebolando e dando umbigada quando passavam perto do Velho, que fazia cacoetes acalmando a "Jurumeia".

Enquanto o Velho Caiçara contava as piadas para o público, Berta percebeu, na parte de trás do palco, que alguém lhe dava sinais. Ela discretamente foi até lá e perguntou:

— O que o senhor deseja?

— Diga ao Velho que pare a apresentação.

— Ôxente, moço, o senhor tá louco?

— Estou louco nada, faça o que eu mando, sou da polícia, da censura. O velho recebeu a intimação, mandou o texto, mas o que ele está dizendo não está escrito. Agora nós vamos prendê-lo e levá-lo para cadeia, no DOPS.

Berta sentiu o sangue fugir, ficou sem opção. Tinha que dizer ao Velho o que estava acontecendo, mas ele continuava fazendo o que mais sabia, brincar de pastoril com o povo.

A orquestra voltou a tocar, e as pastoras animadas faziam a evolução no palco. O Velho Caiçara, não vendo Berta em seu lugar, procurou-a e percebeu que ela estava fazendo-lhe sinais como se estivesse mandando-o embora. O Velho não conseguia entender a sinalização de Berta, que foi até ele e disse:

— Vai-te embora, o cara da polícia tá aí.

— O que ele quer?

— Ele quer que tu pares a apresentação.

— Ele tá doido? Isso é uma brincadeira séria, ele tá pensando que posso deixar o espetáculo pela metade e o povo a ver navio. — Que foi que ele disse?

— Que tu estás preso.

— Agora lascou!

O Velho ouviu a voz de prisão. Ficou transtornado, não conseguia entender por que a censura estava interferindo na arte. Sair dali preso era uma vergonha.

Ele foi até o centro do palco, quase alheio à evolução das pastoras, que já estavam estranhando sua posição em cena e a falta de Berta. Deu um sinal à orquestra, que silenciou. Ouviram-se algumas gargalhadas, que aos poucos foram se calando, quando perceberam expressão do artista no palco, de cabeça baixa, apoiado na bengala antes tão imponente e ereto. Ele começou a declamar:

Seu doutor, eu sou artista

Não matei nem roubei

Na arte eu nasci,

No pastoril me criei

Na vida sou vencedor

No palco eu sou rei

Olhou na direção dos policiais que o aguardam e, sem saber por que, lembrou-se da oração encontrada no banco da capela de Santo Antonio e da vontade extremada de dizer ao público tudo o que estava sentindo. O que estava se passando naquele momento e continuou:

> A censura quer me prender
> Porque uso o coração,
> Não sigo texto, não nego.
> Trabalho com a emoção
> Daqui eu não saio preso
> Só dentro de um caixão

O público começou a entender o que estava se passando, e o Velho Caiçara continuou seu improviso, silenciando a plateia que ouvia atenta:

> A liberdade da águia é o céu.
> A liberdade do peixe é o mar.
> A liberdade do artista é o palco.
> A liberdade do homem é sonhar.
> A liberdade do mundo é ter Deus.
> A liberdade é não censurar.

O Velho Caiçara declamava seus versos tão criativos, de improviso, tão cheios de emoção, com tanta sinceridade, como só os verdadeiros artistas conseguem, não só emocionar a plateia, mas também se transfigurar na cena como um cidadão.

Berta, vendo o Velho Caiçara estático, gritou bem alto:

— Corre e vai te esconder!

Ele desceu às pressas pela frente do palco apoiado pelo público e saiu correndo pela Avenida Dantas Barreto atabalhoadamente quando foi atropelado por um carro, caindo mortalmente ferido na frente do Pátio Igreja de Nossa Senhora do Carmo, a padroeira da cidade do Recife.

Berta, que do palco assistia a tudo, saiu correndo com Teresa e as outras pastoras, até onde agonizava o Velho Caiçara.

Ela ajoelhou-se junto do corpo inerte e, aos prantos, chamava por ele.

— José, José, José!!!

O velho sorriu, olhou para suas pastoras e balbuciou:

— Morro, mas não me rendo à ditadura.

Nesse momento chegou o Jacobina. O Velho já estava declamando a poesia que não estava no texto. Ajoelhado junto dele, disse:

— Meu amigo, que foi isso? Fique calmo!

— A polícia veio me prender e eu não me rendo, sou um palhaço de respeito, para onde quer que eu vá, chegarei alegre e feliz, do jeito que sempre fui.

Berta percebeu que os policiais que estavam à sua volta, olhando, sem tomar providência nenhuma. Partiu para cima deles com uma ferocidade descomunal, gritando, chutando-os, dizendo tudo que lhe vinha à cabeça.

— Vocês são um bando de filhos da puta, censores de merda, estão matando um homem de bem, um artista do povo, um cidadão que viveu a vida para a arte popular.

— Se a senhora continuar desse jeito, vou lhe prender por desacato.

— Pode prender, venha me prender, ou melhor, vão prender esses políticos ladrões que estão por aí ditando normas regimentais que não são leis. Vocês pensam que o povo é burro?

O Velho Caiçara, abraçado por Jacobina que havia colocado o paletó como apoio da cabeça, viu sua mão molhada de sangue e percebeu a gravidade da situação. Então deu o último suspiro e deitou a cabeça para o lado.

— Berta, ele morreu. Berta, o Velho morreu — disse Jacobina soluçando incontrolavelmente.

Berta se ajoelhou ao lado do corpo, com as pastoras, todas chorando. O povo, que antes assistia ao espetáculo, também ia se ajoelhando, transformando aquilo num verdadeiro velório de corpo presente.

— Peça pelo rádio uma viatura da Radio Patrulha imediatamente para levar o corpo do homem para a perícia, disse o delegado.

Ele estava preocupado e, ao mesmo tempo, com medo, pois, sabia que, dessa passividade do povo para uma revolta, bastava um estopim. Por isso, mandou seus subordinados ficaram a postos, mostrando as armas apara intimidar o povo.

Berta e Teresa ficaram até o corpo ser colocado no rabecão (nome dado ao carro que carregava defuntos para perícia de Medicina Legal).

Jacobina acompanhou todo do trajeto para o Instituto Médico Legal até liberação do corpo logo pela manhã para a casa do Velho Caiçara no bairro de São José.

— Berta, vou providenciar o ataúde e resolver em qual cemitério para enterrar o Velho Caiçara.

— Mas, Jacobina, eu não sei se ele tinha algum dinheiro guardado para isso.

— Quanto a isso não se preocupe, depois nós conversamos. O carro de aluguel já está me esperando.

— Vá com Deus, Jacobina!

CAPÍTULO
oito

Enquanto resolvia essas pendências, Berta espantava a tristeza que se apoderava dela dando início ao luto, quando ouviu encostar na calçada um carro. Foi olhar pela janela e viu que era um carro Ford da Casa Agra, uma funerária que ficava na Rua da Conceição, com o corpo do Velho Caiçara. Logo após, apareceu o |Jacobina dando instruções ao motorista. Berta, preocupada, se aproximou e perguntou peremptoriamente:

— Jacobina, por favor como é que foi para liberar o corpo do necrotério?

— O que a polícia pôde dificultar ela fez, até que eu disse que ia divulgar tudo no *Diário de Pernambuco*, no *Jornal do Comércio* e no *Diário da Noite*. Desse jeito eles se trancaram com o médico, deram o atestado de óbito como traumatismo craniano, e o relatório só daqui trinta dias. Às quatro da tarde, conforme o previsto, sairá o séquito daqui do bairro de São José.

O corpo do Velho Caiçara foi descarregado na cama como um indigente, totalmente nu, a cabeça raspada e um aumento de volume na base do crânio até a orelha do lado direito. Apresentava um discreto sorriso causado pelo traumatismo craniano decorrente de uma paralisia facial que ocorrera durante a intercorrência.

— Coitado do meu Velho morreu, mas não se rendeu — disse Berta.

— É isso mesmo.

— Eu vou colocar nele a mesma roupa do dia do acidente, ela está ali no baú das fantasias da trupe. É um paletó bege de linho, uma camisa branca, uma gravata de lista também bege e o chapéu Panamá, que ele amava.

— Já achei, está logo aqui em cima das roupas das pastoras bem guardadinho. Parece até que ele sabia o que estava para acontecer — falou Tereza.

— Estava nada, ele realmente achava que os homens não teriam coragem de prendê-lo.

Berta estava falando quando recebeu de Tereza as roupas do Velho e foi mexendo nos bolsos para esvaziar e não mandar nada de valor com o corpo. Esvaziou todos os bolsos e só encontrou um papel com uma novena, que ela leu e completou:

— Ele estava mesmo era preocupado, pois, antes de ir para a apresentação, foi até a Igreja de Santo Antonio, lá na praça do Diário para fazer umas rezas.

— O Velho estava meio esquisito esses dias, meio sisudo, mas era o jeito dele.

— É verdade, um coração bom, mais de dez anos de chamego comigo, nunca brigamos, nunca levantou a voz para mim.

— É isso mesmo, tanta gente ruim para morrer, mas Jesus de vez em quando carrega uns bons.

Começaram a passar um pano úmido com o perfume Lancaster preferido do artista, e as lágrimas reiniciaram silenciosamente. Em pouco tempo, ele já estava vestido com seu paletó bege, sapatos marrons com o chapéu Panamá sobre o peito.

— Será que ele não preferiria ser enterrado com a roupa do pastoril, perguntou Tereza?

— Acho que não. Ele conseguia separar muito bem o artista, Velho Caiçara, do José do Martírio Divino, o cidadão. Triste do artista que não consegue se separar do personagem. Conheci um comediante que era uma pessoa extremamente introvertida, porém um excelente ator em cena, o oposto. Quando nos encontrávamos, eu, ele e o Velho, nos dizia: "Todas as pessoas pensam que eu faço graça porque sou alegre e os faço sorrir, mas a verdade é que a minha tristeza é que é a fonte dos meus textos".

— Você percebeu que a vizinhança está curiosa se acotovelando na frente do sobrado.

— Já sim, quando colocarmos o corpo no ataúde liberaremos o velório.

Os vizinhos, desde a noite anterior, sabiam da morte do Velho Calçara e, vendo o movimento, começaram a chegar para se despedir do artista. Berta pediu à Tereza que fosse na zona e chamasse todas as meninas para a despedida.

Prepararam o corpo bem limpinho, encheram o caixão de flores do campo e cravos e colocaram num pedestal com quatro velas acesas em castiçais de prata da funerária. Berta passou a mão no rosto do Velho, se despedindo silenciosamente, reconhecendo a grande cumplicidade que existia entre eles. Olhou para os homens da funerária e autorizou que se abrisse a porta da casa.

Uma pequena multidão se aglomerou na frente da casa do bairro de São José, e às quatro horas da tarde, como combinado, saiu o séquito pelas ruas do bairro, pegando a ponte giratória, seguindo pelo marco zero e o forte Brum, para o cemitério dos ingleses, onde um parente do Jacobina tinha um túmulo perpétuo porque fora diretor da Wester Telegraph Company, uma empresa inglesa no Recife. Jacobina entrara em contato com um membro da família que, ao tomar conhecimento da situação, liberou a catacumba.

O cortejo foi feito por parte das putas, dos pederastas, dos boêmios, artistas e vizinhos. Quem encabeçava o séquito eram as pastoras do Velho Caiçara, que cantavam alegremente mesmo com o choro estampado na face:

— Traz zás,

Traz zás,

Traz zás

O velho chegou agora,

Com seu chapeuzinho de coco

E a gravata à espanhola.

"Às dezessete horas conforme determinação do cemitério, baixou à sepultura o corpo de José do Martírio Divino sob aplausos e músicas cantadas pelo povo que acompanhavam o cortejo." Assim estava estampado no *Diário de Pernambuco*, na coluna do Jacobina, o enterro do Velho Caiçara.

CAPÍTULO
nove

Alguns dias depois, a morte do Velho Caiçara ainda era o assunto na pensão de dona Cota. Ela, vendo que as meninas estavam se enlutando, fez uma reunião com todo mundo e começou:

— Olha, pessoal, aqui é lugar de alegria, de xumbregar, pegar mulher, tomar cachaça, não pode ter ninguém triste, aqui não se pensa, se trepa. O homem na zona quer diversão, e não chateação. Quando a coisa é mulher chata, ele vai para casa conversar com a dele. Ele vem para cá quando quer se divertir; não viria se não quisesse tudo em ordem, com alegria e facilidades.

A música que saía da radiola de ficha era quase imperceptível por Teresa, que andava alheia e esquisita após aquela conversa com Berta. Guardou a novena que encontrara no bolso do paletó do Velho e começava a refletir sobre sua vida e seu futuro. Como uma pessoa acredita que vai pedir aos pés de Santo Antonio através de uma novena?! Alguma razão havia de ter para que essa pessoa procedesse daquela maneira.

A noitada na casa de dona Cota seguia como de costume, danças, brincadeiras, bate-papos de poetas e políticos e frequentadores da boemia recifense. No instante em que brindavam um aniversariante numa das mesas do cabaré, se aproximou de dona Cota o dr. João Jacobina bem vestido, que a cumprimentou:

— Como vai, dona Cota?

— Muito bem, dr. João, veio se divertir?

— É, vim espairecer um pouco e procurar um dengo para esse corpo cansado.

— Veio ao lugar certo, toma alguma coisa?

— Sim, um "Cuba Libre", por favor.

— Mais alguma coisa?

— Sim, onde está Teresa?

— Está no quarto, anda meio indisposta.

— Eu gostaria de falar com ela.

— Pois suba que eu peço a libélula para levar sua dose no quarto.

— Com sua licença.

Jacobina subiu as escadas, como já fizera tantas vezes nos últimos anos, à procura de Teresa. Desde quando começou com a boemia, enfrentou todo tipo reclamação, principalmente com sua família. Brigou com todos para defender seu estilo de vida. Ouviu do pai, quando reunido com os amigos: "esse menino tem tendência de lutar por causas perdidas, ainda por cima inventou de ser jornalista e advogado. Agora está de chamego com uma quenga e vive tomando rum num cabaré do Recife, eu sei de tudo. Mandei um povo meu lá da capital investigar. Esse menino é o herdeiro que eu formei para ficar com o comércio de estivas aqui do sertão, mas acho que ele agora endoidou de vez.

Bateu à porta do quarto e entrou, Teresa estava deitada olhando o infinito do teto.

— Tudo bem, Teresa?

— Tudo.

— Estás triste com a morte do Velho, não é?

— Estou, mas a morte dele tem me ensinado muitas coisas. Desde que encontrei aquele papel no bolso de sua calça, aquela novena que não me sai da cabeça.

— Como assim?

— Eu te falei que, quando deixaram o corpo na casa dele e fomos banhá-lo e vesti-lo, optamos, eu e Berta, por colocar a roupa que vestia no dia do acidente.

— Sim, e daí?

— É que, quando mexemos nos bolsos da calça, encontramos uma novena e, não sei por que, isso está mexendo comigo.

— Deve ser impressão sua. O Velho não sabia nem ler, para que ele iria ficar com essa novena no bolso.

— Vai ver guardou sem saber o que era.

— E o que dizia a novena?

— Que quem lesse só deveria dizer a verdade.

— Ave Maria, acabou-se a alegria de se mentir.

— E todo mundo não só deve dizer a verdade?

— A princípio sim, mas quem nunca contou uma mentira?!

— Desde que não seja para prejudicar alguém, porque tem situações em que a mentira ajuda a esconder a verdade.

— Como assim?

— Se eu tivesse uma doença ruim, não gostaria que o médico me contasse a verdade, entendeu?

— Entendi, mas o que quero te falar agora é verdade.

Tereza fez uma cara de espanto, sentou-se na cama atenta ao que viria com aquela conversa. Jacobina sorveu num trago só a bebida que estava no copo.

— Quero te fazer um convite, gostaria que fosse comigo para o sertão conhecer minha família.

— Agora você endoidou de vez, vou sair daqui para o sertão conhecer sua família e sair de lá corrida ou morta? Nem pensar!

— É uma decisão minha, e eu gostaria que você fosse.

— Jacobina, você é meu cliente, nos damos muito bem, você hoje nem paga mais para trepar comigo. Não temos envolvimento emocional nenhum., não é verdade?

— Não é bem assim, eu acho que nos gostamos.

— Gostar é muito pouco.

— O que você quer então?

— Eu não quero nada. Nesse tempo todo, exigi alguma coisa ou alguma atitude?

— Não, nunca.

— Então, não me cobre algo que não posso te dar.

— O que não pode me dar? Seu amor? Não considero você uma puta, sabe disso, nem te pago mais.

— E isso significa o quê?

— Ora, Tereza, que somos amigados, já somos casados.

— A diferença é somente o dinheiro. Se paga é puta; se não paga, é mulher do cara. Eu não vejo dessa forma.

— De que forma você vê?

— Eu sei lá, Jacobina. Não sei explicar o que está acontecendo. A verdade é que eu nasci para ser puta, adoro ser puta e quero continuar puta. Não tenho esse sonho de me apaixonar e sair do cabaré.

— Você não admite que se apaixonou por mim, um boêmio, rico, advogado e jornalista.

— Me apaixonei sim, mas não significa que vou deixar de trabalhar para depender de você.

— Nós temos muito que conversar.

— Tenho a noite toda para beber e amar. Venha para cá, me abrace — pediu Tereza com carinho.

Jacobina tremia como se fosse a primeira vez com aquela mulher. Com uma timidez inexplicável, se aproximou de Tereza e beijou-lhe os lábios suavemente.

EPÍLOGO

Alguns meses depois, a Igreja de Santo Antonio estava lotada, era 13 de junho, dia do santo. Os fiéis se aglomeravam para ouvir o sermão do padre que do altar esbravejava de braços abertos como se estivesse discursando, dizendo aos fiéis:

— Caríssimos, a promessa é um compromisso de fé, e não uma troca como muitas pessoas pensam. A Igreja não pode se responsabilizar pela quantidade de pedidos formalizados em troca. Me dê isso que te darei isso. Caros amigos, é através da crença e da fé inabalável, dos preceitos e dogmas, que se alimenta a alma.

A missa continuava, a igreja lotada ouvia o sermão do pároco, só esperando a hora da comunhão, o ponto alto da missa em todo seu esplendor ritualístico teatral.

Na capela vizinha à Igreja, Lili, a balzaquiana, estava ajoelhada de mãos entrelaçadas e orando tão fervorosamente que qualquer pessoa que passasse por ali sentiria a convicção de sua oração.

Nesse dia, mais do que nunca, aos pés de Santo Antonio havia um amontoado de pedidos, velas acesas, ex-votos e pagadores de promessas. Lili estava tão compenetrada em sua oração que começou a falar alto com o Santo, e ele a olhá-la como sempre faz com todos os fiéis.

— Meu querido Santo Antonio, vim aqui para agradecer o cumprimento da nossa novena. Arranjei um marido e estou muito feliz. Espero que as pessoas que apanharam a novena tenham sido felizardas e conquistado o que desejavam. Obrigado meu glorioso Santo! Deixarei como prova de nosso compromisso o convite do casamento realizado no último mês de maio.

Lili depositou aos pés do santo, em local bem visível, seu convite onde se lia:

Convite

Convidamos V.Sa. e família para o casamento que será realizado na Igreja de Santo Antonio, às 18h, do dia 23.05.64, onde os noivos receberão os cumprimentos e recepcionarão a todos.

NOIVA — *Lívia Maria Ornelas*

NOIVO — *Amaro Manoel da Silva*